DE PARIS A MARSEILLE

Trajet en six heures

PRIX DES PLACES QUATRE FRANCS

Prix : 50 centimes

Charles HAUVEL, Ingénieur a PARIS

Rue de Marseille, 7 (de 9 h. à 11 h.)

PARIS

IMPRIMERIE MORRIS PÈRE ET FILS

RUE AMELOT, 64.

DE PARIS A MARSEILLE

TRAJET EN 6 HEURES

PRIX DES PLACES : 4 FRANCS

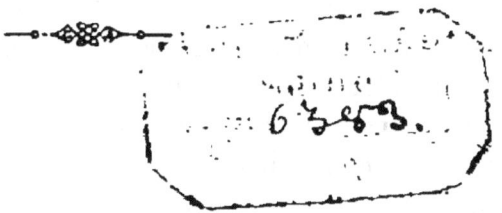

CHARLES HAUVEL, INGÉNIEUR.

PÈRE. Oui, mon fils, c'est un chemin de fer.

FILS. Mais, papa, à quoi sert ce chemin de fer?

PÈRE. A rien... Il a servi quelque temps; les plus anciennes lignes ont fonctionné un demi-siècle, mais il en est dont la construction n'était pas même terminée lorsque ce moyen de transport a été délaissé.

FILS. Et alors, on ne s'en sert plus?...

PÈRE. A peu près... quelques lignes ont été transformées en routes; mais comme il existait des routes avant les chemins de fer, ces routes, mieux disposées pour desservir les centres populeux, ont été seules conservées. On a aussi utilisé un certain nombre de lignes pour construire des canaux, mais le fait n'a pu se présenter souvent, attendu que les voies ferrées étaient tenues à un niveau trop élevé pour remplir ce but.

Enfin, tu as vu qu'en beaucoup d'endroits on a rendu à la culture l'espace que les voies occupaient, de manière à tirer une ressource du seul objet qui ait conservé quelque valeur. Mais on n'a recouvré ainsi que la plus mince partie des énormes capitaux qui y avaient été si fiévreusement engloutis. Parmi les jeunes gens de ton âge, il en est beaucoup, mon enfant, dont les parents ont vu leur fortune subitement anéantie par suite de cette incroyable débâcle ; ils se préparent à recommencer, contre la misère, la lutte dans laquelle leurs ancêtres avaient été assez favorisés pour en sortir avec avantage. Et à leur époque, les hommes intelligents et travailleurs étaient à peu près certains de réussir ; de nos jours, tout le monde est intelligent et travailleur par nécessité ; ceux-là seuls sortent de l'ornière qui peuvent appliquer leurs jeunes années, que dis-je, la première moitié de leur existence aux études les plus difficiles et aussi les plus coûteuses. Pour l'enfant né de parents pauvres, la fortune est sourde et aveugle.

FILS. J'aurais mieux aimé naître quand tu es né : je n'aurais pas eu si longtemps à étudier.

PÈRE. Si tu étais un grand philosophe, mon cher petit, tu ne saurais rien dire de plus logique ; pour moi, l'homme a fait fausse route en inventant l'association, du moins telle qu'elle existe aujourd'hui ; sous prétexte de tirer quelques services de la Société, chaque homme se consume en efforts tels, que la somme des travaux qu'il exécute dépasse, dans une étonnante proportion, la valeur de ses besoins.

Pourquoi voyageons-nous en ce moment? Tu vas me

répondre que c'est pour mes affaires et que tu m'accompagnes, profitant de tes vacances. C'est exact; mais si, au lieu d'étendre mes affaires aux pays étrangers, j'avais pû les borner au cercle de notre ville, je n'aurais pas besoin de dépenser du temps et de l'argent, c'est-à-dire une partie de mon travail, en déplacements. Or, tu le sais, j'ai affaire aux quatre coins du monde, et c'est justement ce dont je reconnais le tort; non pas pour moi, mais pour la Société dont l'organisation s'impose à tous.

Lorsqu'on imagina ces fameux chemins de fer, les relations devenant moins coûteuses de temps et d'argent, on les étendit; nous voyagions au travers du sol français, en tous sens, absolument comme aujourd'hui nous circulons dans tous les pays habités. Et si cette fièvre de voyage d'hommes, d'animaux et d'objets de toute nature fit un grand progrès lors de la création des chemins de fer, il faut avouer qu'elle était encore bien bénigne à côté de la violence avec laquelle elle nous pousse aujourd'hui.

Je n'ai pas connu les relations par les routes, mais j'ai suivi toutes les phases par lesquelles le mouvement a atteint le degré auquel il est arrivé, et ta philosophie d'enfant me paraît sans réplique! Oui, nous travaillons trop pour le peu que nous obtenons.

Vois les canaux, dont on s'est tant occupé depuis qu'on ne veut plus de chemins de fer... nous n'avons plus d'eau courante dans nos vieux fleuves de France; tout en canaux!

Fils. Mais, papa, il y a de l'eau dans la Seine.

Père. Oui, à Paris, mais cette eau ne coule pas; ce n'est qu'à l'époque des crues qu'on la laisse circuler; nous l'avons emprisonnée pour l'utiliser à notre guise. Le plus clair résultat de ces gigantesques travaux est que nous disposons d'un moyen de transport de marchandises très-peu coûteux vis-à-vis des anciens systèmes, et que nos méthodes et nos moyens d'irrigation nous permettent de nous passer de la pluie. Mais qu'est-ce que cela? Le moyen le moins coûteux de faire voyager les marchandises est de ne les pas faire voyager du tout ; c'est-à-dire que sans notre civilisation on les consommerait sur le lieu même de leur production; et, quant à nos champs, ils attendraient bien la pluie, si nous nous étions attachés à ne les ensemencer que des végétaux dont les besoins correspondent au climat de la localité.

Fils. Mais, papa, pourquoi ne vivrions-nous pas à la campagne, comme tu me dis souvent; si nous pouvons vivre en travaillant moins, allons-y.

Père. Nous seuls, non, mon ami, ce n'est pas possible ; je ne pense même pas que jamais les destinées humaines se ravisent pour revenir à ce point de départ. Nous devons suivre le courant et chercher à nous y maintenir à la bonne place; c'est-à-dire que, dans un âge de mouvement, nous devons nous donner le plus possible de ce mouvement.

Tiens!.. la mer. Dans dix minutes nous serons à Marseille et nous n'aurons pas eu de retard ; la compagnie garantit une durée maxima de six heures pour le trajet, et nous sommes partis de Paris à onze heures; vois... il n'est pas cinq heures... Et comme tu dois avoir bon appétit ! Pour mon compte, je ne dîne jamais aussi bien qu'après un voyage de quelques heures. C'est que nous traversons de l'air très-pur ; et il serait difficile qu'il ne le fût pas, nous avons été jusqu'à mille mètres et plus de hauteur au-dessus de la terre... Tu peux ôter ton surtout, il doit faire chaud en bas; tiens, nous voilà rendus... Une heure de station... allons dîner.

FILS. Papa, on prévient.

PÈRE. Oui, mon ami, pressons-nous. Autrefois on son-
nait, on criait, on sifflait ; le troupeau des voyageurs était
enfermé dans les véhicules et, au total, tout le monde était
mécontent et on avait gagné sa place moins rapidement
qu'aujourd'hui.

Voilà notre oiseau. Tu vois qu'il a le ventre plus gros
que celui qui nous a amenés tantôt ; en effet, celui que tu
vas prendre avec moi est destiné aux voyages maritimes et
on a cru devoir donner à cette catégorie un corps d'un plus
grand volume, par excès de sécurité, en cas de descente
forcée en pleine mer.

C'est le moment de nous couvrir ; plaçons-nous sur l'a-
vant, nous pourrons examiner les Baléares, au-dessus des-
quelles nous passerons à la nuit.

FILS. Papa, nous sommes plus de trente voyageurs.

PÈRE. Oui, je pense ; tu as vu, du reste, que notre oiseau
a une assez belle envergure ; elle doit mesurer environ
quarante mètres, et, à ce compte, nous devons emporter,
en outre de trente voyageurs, près de quinze mille kilogrammes de colis.

FILS. Plus les ailes sont longues et plus l'oiseau peut
emporter de personnes ?

PÈRE. Oui, mon fils ; mais il pourrait en être un peu différemment. Tu sais bien que les papillons ont d'énormes
ailes et un tout petit corps, tandis que les grosses mouches
ont le ventre et les reins très-lourds, pour de fort petites
ailes.

Les machines volantes, qui sont utilisées par les diverses
Compagnies, sont construites d'après les proportions géné-
ralement reconnues favorables et économiques ; c'est ce qui
fait que nous pouvons juger de la puissance de transport
d'une de ces machines, en évaluant simplement la longueur
de son envergure ; absolument comme on jugerait de la

charge que peut emporter un des bacs de nos canaux, par l'évaluation de ses dimensions.

La machine qui nous porte est établie pour manœuvrer avec une certaine vitesse d'ailes ; si, pour une cause quelconque, l'oiseau ne pouvait pas facilement s'enlever, le mécanicien n'aurait qu'à augmenter un peu la vitesse du mouvement et nous monterions plus vite; tu n'as qu'à le remarquer, du reste : en partant, les ailes vont plus vite que pendant le restant du voyage.

Fils. Mais oui, papa, puisqu'on monte.

Père. C'est cela, on monte... Comme l'effort est plus grand pour monter que pour avancer de niveau et surtout que pour descendre, tu comprends bien qu'il est convenable de battre plus souvent des ailes, mais je doute que tu puisses bien m'expliquer pourquoi?... Pourquoi, te dis-je, l'oiseau développe-t-il plus de force en agitant ses ailes plus rapidement?

Fils. Eh, papa, s'il ne les agitait pas du tout, il tomberait sûrement; en les secouant un peu il ne rencontre pas assez de résistance; il faut donc qu'il les remue vite.

Père. Ce n'est pas répondre; le rôle de l'aile de l'oiseau ne se borne pas à battre l'air; toute cette surface que tu vois s'incliner doucement, à chaque abaissement et à chaque relevée, est exposée à cet énorme courant d'air, à ce coup de vent que tu connais bien quand tu débouches la plus petite ouverture sur l'avant de l'oiseau. Et tu sais ce qu'est ce courant d'air; ce n'est pas du vent, comme il en fait quand nous sommes à terre; la preuve en est que nous voyageons quelquefois dans le même sens que les nuages, c'est-à-dire dans le sens du vent, et cependant nous sentons toujours ce vent debout, ce courant d'air qui nous est opposé; d'où provient-il donc?

Fils. Oui, papa, il ne fait pas de vent; c'est nous qui avançons très-vite et qui traversons l'air avec une grande vitesse relative.

Père. Vitesse relative... Tu le comprends bien; nous

pouvons avoir une vitesse par rapport à l'air, quoique
cet air ait lui-même une vitesse par rapport à tout autre
objet, par exemple, par rapport à la terre. C'est absolument
ce qui se passe lorsqu'un bateau voyage sur la Seine, à l'é-
poque où elle coule ; si le bateau est abandonné au courant,
la vitesse de ce bateau est, relativement aux berges, la
même que celle de l'eau ; si, au contraire, on le fait avancer
dans le même sens que le courant ou en sens inverse, il
prend une certaine vitesse par rapport à l'eau, et sa vitesse
par rapport aux berges est plus grande ou plus petite, de
toute la vitesse du cours d'eau, suivant que le bateau des-
cend ou monte le courant.

Dans l'air, nous prenons une vitesse par rapport à cet
air, au moyen de l'effort de la machine ; si l'effort était toujours le même, nous obtiendrions une même vitesse relative,
de quelque façon que cet air se transporte par rapport à la
terre ; et notre voyage dépendrait, pour sa durée, de la
grandeur de la vitesse du vent et de sa direction par rapport
à la route que nous voulons suivre ; mais les voyageurs
sont exigeants ; ils ne peuvent consentir à supporter les ca-
prices de l'atmosphère, et les compagnies doivent être en
mesure de garantir une durée maxima pour chaque trajet.
Les conditions atmosphériques varient cependant à l'infini ;
mais elles varient aussi, dans chaque pays, suivant la hauteur à laquelle la machine s'élève.

Tu as remarqué que notre voyage de Paris à Marseille
s'est effectué au-dessus des nuages ; nous sommes en ce
moment beaucoup moins haut et il me semble que nous
tendons à descendre de plus en plus. C'est que le capitaine
suit la couche d'air la plus favorable.

A Paris, le vent venait à peu près du S.-O. dans les
couches inférieures ; c'était un mauvais vent. En nous te-
nant très-haut, le capitaine a trouvé une couche plus favorable, dont la direction ne m'est pas connue, mais que je
pense être un vent du N. ou du N.-E.

Ce vent peut être celui qui souffle sur la Méditerranée en

ce moment, et ce doit être le motif de notre faible élévation au-dessus de la mer. Le capitaine a, du reste, sur son ordre de route, l'état de toutes les couches atmosphériques dans la direction que nous devons suivre ; les stations terrestres fournissent des bulletins télégraphiques aux administrations centrales, et chaque oiseau rapporte les renseignements les plus complets sur l'état des couches qu'il a traversées. Par exemple, à Alger, où nous allons toucher pour quelques minutes, notre capitaine remettra des renseignements sur ce qu'il a observé, et il recevra un bulletin indiquant la direction et l'intensité du vent qui souffle sur le Sahara et dans les couches supérieures qui ont été observées. Il est remarquable, du reste, que les variations un peu notables dans les courants atmosphériques ne peuvent se faire brusquement et, l'état de toutes les couches usuelles étant bien connu, il n'est nécessaire que d'en constater les variations en quelques points pour en déduire sûrement l'état de situation de tout l'ensemble.

Ton bon ami, M. X., qui te laisse si complaisamment jouer dans ses bureaux quand nous l'allons voir, pourrait savoir exactement à quel point nous sommes en ce moment, à quelle hauteur, dans quel vent ; si nous sommes dans de bonnes conditions de voyage. Et je suis bien sûr que demain matin il consultera les tableaux de notre ligne pour faire donner de tes nouvelles à tes petites sœurs.

FILS. Ah ! M. X., qui est à son bureau, à Paris, peut savoir où nous sommes ?

PÈRE. Oui. M. X. dirige la ligne que nous suivons ; les bulletins dont je te parlais tantôt lui sont envoyés par le télégraphe et il sait mieux que notre capitaine où nous en sommes, parce qu'il a tous les renseignements, tandis que ce dernier ne connaît que l'intervalle qui le sépare de la prochaine escale.

FILS. Oui, papa ?

PÈRE. Oui, mon fils. Et je te laisse reposer ; tu ne verras pas les Baléares, je te réveillerai à Alger.

Fils. Quelle heure est-il, papa?

Père. Mon bon ami nous serons à Alger dans cinq minutes et nous sommes exactement en règle quant à l'heure, fais le calcul.

Fils. Nous faisons un peu plus de deux kilomètres par minute.

Père. Oui, toujours deux et deux dixièmes; mettons à deux.

Fils. Eh bien, dans les cinq minutes qui nous restent, nous ferons dix kilomètres; nous sommes donc à dix kilomètres d'Alger.

Père. Tu sais qu'il y a cinquante kilomètres de moins, dans ce trajet, qu'entre Paris et Marseille.

Fils. C'est donc en tout soixante kilomètres qui prennent trente minutes ou une demi-heure, et nous avons mis cette demi-heure de moins que dans notre premier trajet, c'est-à-dire cinq heures et demie; puisque nous sommes partis à six heures, il est onze heures et demie.

Père. Très-bien, sauf la petite erreur que nous faisons volontairement.

Vois cette ligne blanche : c'est la mer qui bat la côte d'Alger; c'est Sidi-Ferruch où je t'ai conté qu'on me fit faire une si triste quarantaine. Nous ne pouvons voir Alger qui est derrière ce mamelon noir; restons à nos places, nous n'avons pas le temps de descendre.

Fils. Ah ! nous sommes sur les parallèles... nous arrêtons.

Père. L'arrivée est un peu brusque ici ; il est probable qu'on a manqué de place pour disposer les parallèles de l'arrivée; c'est tout au plus si elles mesurent quarante mètres de longueur et tu peux remarquer combien elles sont inclinées.

Fils. C'est pour arrêter l'oiseau plus facilement qu'on le fait glisser sur ces pièces de bois de plus en plus relevées?

PÈRE. Certainement. Je ne trouve pas ce moyen excellent; mais il est assez simple et ne présente pas de danger d'avaries ; en attendant mieux, on emploie ce procédé qui est si familier aux mécaniciens, qu'ils enfilent la passe sans jamais la manquer.

FILS. Mais, papa, le mécanicien voit donc de loin ces deux grandes glissières de bois ?

PÈRE. En plein jour, oui ; mais la nuit, pas du tout. Il est alors guidé par l'alignement de deux feux rouges que tu vois devant nous, et toute la difficulté consiste à se tenir dans la ligne de ces feux au moment d'acoster; il règle ses derniers coups d'ailes de façon à modérer le plus possible la vitesse, et, dès qu'il touche à l'une des glissières, il n'a qu'à laisser courir ; immédiatement il rejoint l'autre et la machine glisse jusqu'à ce que la vitesse soit annulée.

FILS. Papa, nous redescendons.

PÈRE. En effet, et c'est la première fois que tu assistes à la manœuvre complète. Tu as vu que pour annuler la vitesse de l'oiseau, on lui présentait un chemin montant qu'il gravissait jusqu'à une certaine hauteur; à peine arrêté, il a été calé sur place et les voyageurs auraient pu descendre comme nous l'avons fait à Marseille. Mais pour repartir, la machine n'était plus en haut ; elle était au point le plus bas des glissières parallèles. C'est pour nous trouver dans ces conditions qu'on nous a fait glisser en bas. Tu vas observer le départ : tiens... l'oiseau a donné deux coups d'ailes qui lui ont fait gravir la pente, et ce n'est qu'au troisième coup qu'il s'est définitivement trouvé en l'air. C'est qu'il lui faut acquérir une grande vitesse pour qu'il puisse se soutenir.

Tu sais que, pendant le vol, la vitesse relative de l'oiseau par rapport à l'air est considérable ; elle est en moyenne, pour la Compagnie qui nous conduit, de trente-cinq mètres par seconde.

FILS... Papa, nous tournons du côté de la mer.

PÈRE. Nous nous sommes lancés vent arrière, et cette situation n'est pas favorable pour gagner la hauteur à laquelle le capitaine juge convenable de s'élever.

FILS. Mais, si nous avons bon vent, nous ne devrions pas aller en chercher plus haut, où il peut être mauvais.

PÈRE. Rien ne dit, mon ami, que nous allons nous élever très-haut; c'est une simple manœuvre de départ; tu vois, en effet, que nous tournons de nouveau et, cette fois, nous faisons bien route au sud.

Tu t'expliqueras ce qui s'est passé, mais il faut préalablement vider cette question de vitesse relative que je t'ai seulement commencée.

Notre machine vole et même très-vite; la cause qui la fait avancer, mais qui en même temps la soutient en l'air, c'est le mouvement des ailes, c'est l'action qu'elles exercent sur l'air. Comment cette action s'exerce-t-elle donc?

Il y a deux phénomènes à y observer : 1° la pression que l'air exerce sur la surface que les ailes opposent à sa vitesse relative, et 2° l'effet de l'abaissement même de l'aile.

Pour te rendre compte de la pression due à la vitesse relative de l'air, tu dois te reporter à ce qui se passe lorsque tu tiens ton cerf-volant en l'air les jours où il vente : pour le lancer, tu cours contre le vent et tu sens une résistance, tandis que le cerf-volant s'élève. La résistance c'est la pression due à la vitesse relative de l'air; et le cerf-volant s'élève parce que les ligatures qui le retiennent le disposant suivant une inclinaison particulière, l'air qui vient heurter obliquement sa surface tend, non pas à l'emporter avec lui, mais à l'élever suivant une direction plus ou moins rapprochée de la verticale. Or, le cerf-volant, ses accessoires, le fil qui le retient, constituent un certain poids qui se maintient en l'air tant que le vent est suffisant. Ici, le cerf-volant est immobile et la vitesse réelle du vent est précisément sa vitesse relative par rapport au cerf-volant. Mais que le vent mollisse, tu dois courir ou amener à toi du fil, de façon à faire avancer le cerf-volant contre le vent; sans quoi il tomberait. Qu'est-ce à dire? Si la vitesse relative du vent baisse au delà de la quantité indispensable pour maintenir en l'air le poids du cerf-volant, tu dois l'augmenter ou la rétablir à sa valeur indispensable en faisant marcher le cerf-volant ; c'est donc que la pression qu'exerce le vent ne provient pas de sa vitesse par rapport à la terre, c'est-à-dire de sa vitesse absolue, mais bien de sa vitesse relative par rapport au cerf-volant.

Et si tu avais les jambes assez longues et la course assez rapide, tu pourrais tenir ton cerf-volant en l'air, sans qu'il fît le moindre vent, ou même le maintenir en l'orientant dans le même sens que le vent régnant et non en sens opposé.

Tu vois donc que l'air exerce sur une surface une pression dont l'intensité augmente à mesure que la vitesse relative de cet air par rapport à la surface augmente aussi, quelle que soit d'ailleurs la vitesse réelle de l'air.

Les ailes de la machine ne sont autre chose que des cérfs-volants se présentant à la vitesse relative de l'air sous une inclinaison convenable ; et tu peux comprendre que, pour une certaine vitesse relative, l'appareil soit maintenu en l'air, absolument comme le cerf-volant.

FILS. Mais, papa, ce qui tient le cerf-volant, c'est la ficelle...

PÈRE. Nous en recauserons ; tu as l'air trop disposé à me faire des objections pour le moment.

Où sommes-nous ? Tiens, on distingue bien le sol ; voilà les pointes du Sébéraous ; autour, la terre aussi unie qu'une nappe d'eau ; c'est un avant-goût du désert comme forme. Quant à l'aspect, le vrai désert ressemble absolument à une mer calme ; tous deux réfléchissent également la lumière de façon à prendre l'aspect d'une brillante feuille de métal. Tu verras le soleil, à son lever ; il sortira de la mer des sables avec des proportions énormes ; peu à peu il surgira en diminuant de grandeur et tu verras tous ces sables s'illuminer du plus vif éclat.

Reposons-nous.

PÈRE. Timimum... 7 h. 20... Tombouctou... 5 h. 30.

Vas-tu te réveiller, mon gaillard... Tu voyages à la façon des marmottes ! A ton âge, on doit avoir les yeux et les oreilles grands ouverts devant l'inconnu. Je comprends, à la rigueur, que tu ne tiennes pas à un lever de soleil, si j'en juge par moi-même ; mais il ne s'agit plus de cela. Nous allons avoir quelques instants d'arrêt à Timimum : ajuste-toi.

FILS. C'est Timimum ? Qu'est-ce donc que ces grandes maisons pointues ?

PÈRE. Ce sont des pyramides.

FILS. Les pyramides d'Égypte?

PÈRE. Petit étourdi, nous ne sommes pas en Égypte, et il y a des pyramides autre part que dans ce pays. Il est vrai que celles-ci sont moins célèbres, parce qu'elles sont construites depuis ces dernières années et qu'on ne s'étonne plus de rien aujourd'hui ; mais elles mériteraient, par leur nombre et leurs dimensions, d'être bien plus exaltées que ces fameux monuments des anciens.

FILS. Ce sont des tombeaux?...

PÈRE. Mais pas du tout. Où as-tu lu ça ? Ces pyramides, pas plus que celles d'Égypte, ne sont des tombeaux. Ce sont des constructions destinées à modifier la vitesse du vent qui souffle du désert sur la ville, de façon à lui faire déposer les poussières brûlantes dont il est chargé. Tu vois bien ces mamelons de sable, en avant de leur ligne ; tout ce sable serait allé droit dans les yeux des habitants de Timimum sans les pyramides.

Il est vrai qu'il a été trouvé des tombeaux dans les pyramides d'Égypte ; mais on pourrait facilement trouver des tombes dans tous nos monuments religieux sans en conclure, pour cela, que Notre-Dame est un tombeau.

Ceci me rappelle que sur la cathédrale de Rodez il y avait, dans le temps, une inscription très-apparente qui

2

disait : « Insanæ pyramidum moles, » c'est-à-dire qui trai-
tait d'insensée l'édification des pyramides. Cette inscription
fut reconnue de mauvais goût par l'évêque du diocèse, qui
la fit supprimer la première année de son installation. C'é-
tait en 1872.

Cette nuit tu m'as terrifié avec la ficelle de ce cerf-
volant; il faut revenir sur son rôle et voir ce qui remplace
cette ficelle dans le mouvement de notre oiseau.

Fils. L'impulsion de l'oiseau remplace la ficelle.

Père. Je te l'ai dit, mais tu dois mal saisir le rôle de
cette impulsion; tu peux te l'expliquer par la comparaison
avec des faits dont tu as reconnu l'exactitude.

Tu as vu tirer le canon aux îles d'Hyères, et tu as remarqué que le boulet, lancé à fleur d'eau, n'y pénétrait pas,
mais ricochait sur la surface en produisant de magnifiques
gerbes d'eau de grandeur décroissante et de plus en plus
rapprochées. Tu as reproduit le même phénomène toutes
les fois que tu as fait ricocher de petits cailloux au bord de
l'eau.

Que se passe-t-il dans ces deux cas ? le boulet ou le
caillou sont animés d'une certaine vitesse au moment où
ils touchent l'eau; c'est la vitesse relative de l'eau par rapport au boulet. Le choc a lieu sur la face inférieure, et la
réaction de l'eau repousse le boulet, de telle sorte qu'il
continue sa course hors de cette eau, jusqu'au moment où
sa trajectoire le conduit à toucher de nouveau la surface.

Au second saut, la gerbe est moins haute et le boulet ne
s'élance plus aussi loin; c'est qu'il a perdu une partie de
son impulsion et que la vitesse relative de l'eau ne développe qu'une réaction moins puissante. De telle sorte qu'a-
près une série de ricochets, la vitesse relative est précisément celle pour laquelle le poids du boulet peut être
équilibré; on le voit rouler sur l'eau en y pénétrant de plus
en plus, et enfin y disparaître.

L'eau agissait vis-à-vis du boulet comme l'air vis-à-vis
du cerf-volant. Il y avait équilibre pour certaines vitesses

et ascension pour des vitesses relatives plus grandes, l'impulsion du boulet remplaçant notre fameuse ficelle.

Que fais-tu, du reste, lorsque tu tires sur le fil qui retient ton cerf-volant? tu l'obliges à avancer. Si tu pouvais être derrière lui et le pousser de temps en temps, au lieu de tirer sur le fil, tu produirais le même résultat, et tu dois enfin comprendre que si sa course est due à une impulsion quelconque, l'action qu'il recevra de l'air ne peut en être modifiée.

FILS. Oui, papa; mais on ne peut faire ricocher que les petits cailloux plats.

PÈRE. Toi, mon ami; mais tu vois bien le contraire, puisqu'on fait ricocher des boulets ronds. Il faut une certaine vitesse relative pour que la réaction que l'eau exerce sur la surface qui la rencontre puisse chasser l'objet. Si la surface de contact est très-petite et que l'objet soit lourd, il faut une vitesse bien plus grande que si l'objet, plat et mince, présente à la réaction une très-large prise. Si donc tu ne peux faire ricocher que des cailloux plats, c'est que tu n'as pas assez de vitesse d'impulsion dans la main lorsque tu lances des cailloux ronds. Et nous devons conclure de cela que pour utiliser le mieux possible la réaction que produisent les fluides, lorsqu'ils sont opposés à un corps avec une certaine vitesse relative, il faut que le corps présente à la réaction une grande surface par rapport à son poids.

C'est ce principe qui a si complétement modifié les formes de notre batellerie. Tu sais qu'on faisait les barques assez effilées; elles pénétraient profondément dans l'eau, de telle sorte que si on en attachait une à nos trains de bateaux plats, elle ne pourrait sortir de l'eau et glisser sur sa surface comme l'ensemble du convoi et le remorqueur lui-même; du moins, il faudrait, pour obtenir ce résultat, une vitesse bien plus considérable que celles qui sont en usage sur nos canaux.

FILS. Mais, papa, l'oiseau ricoche donc sur l'air?

PÈRE. Absolument. Vois partir une de nos machines:

elle bat quelques coups d'ailes, se lance sur les parallèles et les franchit en continuant son battement... Qu'as-tu remarqué ?

FILS. C'est que, pour commencer, la machine monte, s'abaisse, puis remonte et s'abaisse en gagnant chaque fois un peu de hauteur.

PÈRE. Et ces ondulations diminuent rapidement jusqu'à devenir imperceptibles. A quel moment se fait la montée, et quand a lieu l'abaissement ?

FILS. Tant que l'oiseau a ses ailes étendues, il monte ; mais quand ses ailes sont en haut ou en bas, il baisse.

PÈRE. Ainsi, tu as bien remarqué que la machine s'élève non-seulement pendant que les ailes s'abaissent, mais aussi quand elles s'élèvent ; pourvu que ces ailes soient étendues, il y a ascension.

FILS. Mais certainement, papa, les ailes font cerf-volant tant qu'elles sont inclinées comme il faut ; mais tu m'as dit qu'elles ricochaient.

PÈRE. Eh, mon ami, le cerf-volant ricoche aussi, et tu peux parfaitement le comprendre : tenons-nous-en d'abord aux ailes.

L'oiseau, comme le boulet, ricochant comme le caillou plat, possède une impulsion, soit une vitesse relative par rapport à l'air ; qu'il oriente la surface de ses ailes de façon à l'opposer au courant d'air, il y aura choc, absolument comme au contact du boulet sur l'eau. Ce choc déterminera une réaction par laquelle l'oiseau sera soulevé. Et, chaque fois que les ailes se présenteront à l'air dans une direction convenablement inclinée, il y aura ascension de l'oiseau, que les ailes montent ou descendent, du reste. Pour ton cerf-volant, tant que tu le laisses immobile, il se maintient à une hauteur qui correspond à la vitesse réelle du vent ; mais, si tu le fais avancer, la vitesse relative sera augmentée, il y aura réaction plus grande et par conséquent ascension... Qu'en dis-tu ?

FILS. C'est vrai, on fait monter le cerf-volant en tirant sur le fil, et cependant on le tire du côté de la terre.

PÈRE. Parce qu'en tirant on augmente la vitesse et on produit un ricochet.

PÈRE. Nous voici arrivés au-dessus du grand canal qui traverse le désert, du lac Tchad à l'Océan, vis-à-vis des Canaries. Vois ces trains de bateaux chargés de matériaux de construction; il est probable qu'on édifie une ville au croisement du canal qui se dirige vers la Gambie. C'est un point qui est appelé à jouer un rôle très-important.

L'eau n'est pas fournie ici par des rivières, il n'y en a aucune dans ces contrées, mais par divers puits artésiens situés le long du parcours.

FILS. Comment, papa, ces puits donnent-ils assez d'eau pour alimenter ce grand canal? Tu m'as pourtant dit, hier encore, qu'un canal exigeait beaucoup d'eau d'alimentation.

PÈRE. En effet, les canaux à écluses élevées, que l'on construit de nos jours, dépensent beaucoup d'eau; mais ici tu vois qu'il n'y a pas d'écluses. Les puits doivent donc seulement compenser les pertes d'eau dues aux infiltrations et à l'évaporation. Vois-tu, au loin, ces deux taches foncées sur les bords du canal; ce sont des jardins qui prouvent bien qu'il y a surabondance d'eau, puisqu'une partie peut en être employée en irrigations..... Qu'est-ce ? nous descendons... Ah! un accident!.. nous allons atterrir... tiens-toi bien à ta place... Eh! eh! nous y sommes... il n'y a aucun mal. . . . .

Je ne sais pas si nous allons facilement reprendre notre route. Il paraît que quelque pièce de la machine a cessé subitement de fonctionner, et nous avons été en danger, parce que nous étions tellement près du sol que le mécanicien n'a pas eu le temps de fixer les ailes horizontalement pour nous faire gagner terre sans choc.

Nous n'avons pas de chance; ces accidents sont extrêmement rares et proviennent ordinairement du défaut de surveillance au sujet du bon état des machines. Tu peux compter que, s'il en est ainsi, le chef du mouvement aura affaire, ce soir, à notre ami, M. X., et s'il y a de la faute de

2.

ses subordonnés, il en supportera le premier les consé-
quences.

FILS. Que lui fera-t-on, papa?

PÈRE. Je n'en sais rien. Sa punition sera déterminée eu
égard à l'importance de la faute; s'il y a eu mauvais entretien, il paiera une forte amende; si le service a été mal fait,
il peut être privé de son emploi.

FILS. Mais, papa, le chef du mouvement ne peut pas savoir si on ne néglige pas, de temps en temps, la visite d'une
machine; il y en a tant. On devrait plutôt renvoyer le mécanicien.

PÈRE. Il est probable que le mécanicien aura aussi son
amende ou son congé, mais cette punition n'effacera pas la
faute du chef qui touche ses appointements pour s'occuper
de son service et qui en a accepté toute la responsabilité.

FILS. Mais, si le mécanicien faisait exprès de nous laisser
tomber?

PÈRE. Nous attaquerions ou, à notre défaut, nos familles
attaqueraient M. X., le chef de l'administration, et il se
verrait condamner lui-même à nous compenser le dommage
qu'il nous aurait causé, sauf à lui de poursuivre ses employés coupables.

Voici qu'on relève les ailes.

FILS. Nous allons repartir?

PÈRE. Je l'espère, mais nous sommes dans une mauvaise
situation; après tout, ils vont s'y prendre comme on le fit
lors de la descente en pleine mer qui eut lieu il y a deux
ans. En effet, nous avançons... Oh! mais nous prenons
beaucoup de vitesse; c'est drôle, nous volons à la façon des
autruches : un pied à terre; pour notre machine, c'est le
ventre à terre... tiens, un soubresaut; nous nous étions en-
levés... ah! encore un... nous ricochons sur le sable...
c'est fini. Et comme nous nous élevons! il faudra regagner
plus de cinq minutes que nous venons de perdre; c'est
égal, tu ne t'attendais pas à ricocher un peu partout aujourd'hui.

Fils. Est-ce la première fois qu'il t'arrive un accident?

Père. Oui. Il y a quelque temps, sur la direction de Paris à Londres, l'accident qui vient de nous arriver s'est produit précisément au-dessus de la Manche; mais on avait de la hauteur; les ailes ont été fixées horizontalement, l'oiseau a plané en baissant de plus en plus; mais on a rétabli le fonctionnement de la machine en quelques instants et on était encore loin de la mer lorsque la machine a été remise en mouvement. M. X. m'a conté que la vitesse de la marche n'avait pas été sensiblement modifiée, et que les voyageurs ne se doutèrent de l'accident que lorsqu'ils furent hors de danger.

Fils. Sais-tu, papa, ce qui s'était dérangé lors de cet accident?

Père. C'était la distribution du pyroxyle, et il est probable qu'il en est de même aujourd'hui.

Fils. Le fulmicoton ne s'est donc pas allumé régulièrement?

Père. Ou pas du tout. C'est le point délicat du fonctionnement, et il est indispensable que les pièces qui y contribuent soient entretenues dans de bonnes conditions de propreté pour en assurer le jeu.

Fils. Mais, papa, tu m'as dit que dans le cas où le mouvement subissait une avarie, la distribution du pyroxyle pouvait se faire par un petit mécanisme placé sous la main du mécanicien.

Père. Certainement, et aussi je ne parle pas des accidents qui pourraient survenir par suite du dérangement d'une des pièces qui conduisent automatiquement la distribution, à la façon des excentriques qui donnent le mouvement aux tiroirs dans les distributions de vapeur; on peut se passer de ces pièces pendant tout le temps nécessaire pour opérer leur changement ou leur réparation, soit au moyen du mouvement de secours, soit, pour quelques instants, en faisant la distribution par le mouvement à main.

Il s'agissait surtout du passage du pyroxyle dans la chambre d'explosion. Connais-tu ce fonctionnement?

FILS. Oui papa; le bout de tresse est attiré par un mécanisme qui en détache de petits morceaux immédiatement enflammés.

PÈRE. Et tu sais que le mécanicien peut disposer l'appareil pour que les morceaux de tresse explosible soient plus ou moins longs, suivant qu'il veut produire des explosions plus ou moins intenses, et qu'aussi il peut faire varier le nombre des bouts coupés, pour chaque abaissement ou relevée d'ailes; qu'il peut agir différemment sur chacune des deux ailes, suivant la direction du vent, c'est-à-dire lorsque les ailes doivent produire des efforts différents.

Ce mécanisme ne risque pas de faire défaut puisqu'il existe en double et qu'il peut être manœuvré, en outre, à la main. Mais si, pour une cause quelconque, le pyroxyle ne s'enflamme pas... ou s'il s'enflamme trop; ou encore, si toute une des tresses qui sont emmagasinées au-dessus de la machine vient à s'enflammer, c'est alors qu'il y a accident, si le second mécanisme ne peut, faute de temps, être mis en activité, et c'est probablement ce qui nous est arrivé.

FILS. Faut-il brûler autant de fulmicoton pour relever l'aile que pour l'abaisser?

PÈRE. A très-peu près, oui, mon ami. Tu as compris que la résistance de l'air était considérable pendant la relevée de l'aile; en outre de l'effort qui en résulte, il faut que la machine relève le poids même de ces ailes, et les explosions produites à cet effet sont, en bonne marche, de la même importance que celles qui déterminent l'abaissement.

FILS. Et, en cas d'accident, comment fixe-t-on les ailes?

PÈRE. Sous l'influence de la pression même de l'air, ces ailes, privées de leur impulsion habituelle, gagnent naturellement le point le plus haut de leur course et elles y fonctionnent comme parachute; mais on les abaisse le plus promptement possible jusqu'à l'horizontalité, au moyen de crics faciles à mettre en prise, et on est en position pour planer...

FILS. Papa, qu'est-ce que ce registre qu'on fait circuler?

PÈRE. Ce doit être le livre des observations que l'on nous présente à cause de l'accident.

PÈRE. Vois donc : Un aigle passe au-dessus de nous, à ta droite ; ma foi, il doit être superbe ; c'est à peine s'il fournit un coup d'ailes par seconde.

FILS. Il ne me parait pas bien gros.

PÈRE. Mon ami, d'après la vitesse de son mouvement d'ailes, il doit mesurer environ deux mètres trente d'envergure et, dès lors, il pèse sept kilogrammes.

FILS. On peut donc trouver les dimensions et le poids d'un oiseau en comptant simplement le nombre de ses coups d'ailes ?

PÈRE. Comme dans le cas de nos machines, oui mon ami ; en effet : de même que nos Compagnies ont adopté une certaine vitesse de translation, soit un nombre moyen de coups d'ailes à l'heure, les êtres aériens volent d'après une loi bien déterminée.

Ils abaissent le centre d'action de la surface de leurs ailes avec une vitesse telle, que si ce mouvement était continué pendant une seconde, le centre d'action aurait parcouru un chemin dont la longueur serait sensiblement de un mètre quinze centimètres. C'est ce qu'exprime le texte de ce théorème que tu me récitais l'autre jour :

« Chez les êtres aériens, la vitesse d'abaissement du centre d'action de l'aile est une constante, pour le vol normal, et cette constante est sensiblement un mètre quinze centimètres par seconde. »

FILS. Oui, papa. Mais je n'ai pas compris comment il pouvait se faire que le milieu de la surface d'une aile de mouche et le milieu de l'aile d'un pigeon eussent la même vitesse ; on ne peut voir l'aile de la mouche tandis qu'on distingue facilement celle d'un pigeon pendant son mouvement.

PÈRE. Ce n'est pas une raison, mon ami, et si tes yeux te conduisent à une fausse appréciation, le fait n'en existe pas moins.

Une mouche donne cent coups d'ailes en une seconde, tandis que le pigeon dont tu parles n'en donne que quatre. Plus tard nous établirons ensemble le petit calcul qui corrobore ces faits. Pour le moment, tu peux admettre que le chemin qui correspond à cent fois l'abaissement d'une aile de mouche soit le même que celui que produisent quatre abaissements d'une aile de pigeon.

Pour notre aigle, la loi dont je t'ai parlé doit se vérifier comme toujours, et s'il donne réellement un coup d'ailes par seconde, en vol normal, il doit mesurer deux mètres trente d'envergure, comme je te l'annonçais.

C'est d'après ces observations, mon cher enfant, qu'on a construit la première machine volante ; on a admis le théorème par extension, absolument comme on le fait avec tant d'assurance quand il s'agit de tout autre problème que de celui de la navigation aérienne et, l'envergure étant donnée, on en a conclu la vitesse du battement des ailes.

Fils. Papa, il était donc important de savoir d'avance avec quelle vitesse les ailes devraient battre, eu égard de la grandeur de l'envergure ?

Père. Bien certainement, mon ami ; si l'on avait annoncé, il y a dix ans, que notre machine de quarante mètre donnerait un quinzième de coup par seconde ; autrement dit, qu'elle mettrait quinze seconde à abaisser et à relever ses ailes, on aurait prêté à rire. Et si on avait entrepris de construire des machines en les disposant pour une grande rapidité de mouvement, on n'eût rien fait de bon ; il a été de la plus grande utilité de posséder ce point de départ et, à proprement parler, c'est l'invention même de l'aviation.

Fils. Qui donc à inventé l'aviation, papa ?

Père. Personne n'est inventeur dans de semblables questions ; mais il y a une innombrable quantité de gens qui prétendent à ce titre ; l'essentiel est que le problème ait enfin été résolu : nous ne serions pas ici sans cela, ce qui du reste ne vaudrait pas moins.

Fils. Ne voulait-on pas faire voler des machines au moyen d'hélices ?

PÈRE. Tu sais, mon petit, que l'hélice me déplaît et que je n'aime pas à m'entendre rappeler cet engin détestable. En voilà encore une fureur que celle de l'hélice! que d'argent elle nous a coûté? En général, du reste, l'homme a fait fausse route chaque fois qu'il a fait usage, pour les besoins de ses machines, de ce mouvement circulaire ou de rotation, dont la nature ne lui offrait nulle part l'exemple. As-tu jamais vu un animal roulant? Et cependant il y a, parmi les animaux, des espèces tellement variées sous le rapport des organes de locomotion, que la rotation s'y fût avantageusement représentée si elle y avait eu quelque chance de succès.

Je suis donc l'ennemi des organes rotateurs et, en particulier, des hélices dont tu exhumais le nom tout à l'heure. Quant à faire leur procès en matière d'aviation, c'est inutile, personne ne songeant à les prôner. Laissons-les donc au repos; mais si jamais quelque farceur te renouvelait cette idée, réponds-lui carrément qu'il ne pourrait faire un choix plus malheureux.

FILS. Il est donc impossible de voler en se servant d'hélices, comme on voulait le faire?

PÈRE. Oui, mon fils, et c'est même cette vérité qui a si longtemps empêché l'aviation d'arriver à maturité; on confondait la possibilité de se transporter dans les airs avec celle de s'y mouvoir au moyen d'hélices. Ne parlons plus de cela, les oreilles m'en ont assez corné à l'époque où elles n'avaient que la taille des tiennes ou guère plus.

FILS. Mais on avait parlé des ailes depuis longtemps; puisque, dans la Fable, on dit que Dédale s'envola avec des ailes en cire.

PÈRE. Très-certainement, et Dédale avait peut-être construit une machine du genre de celle que nous montons, ou plutôt il s'était fabriqué des ailes; sais-tu bien que l'envergure d'un homme pesant cent kilogrammes, tout compris, ne devait pas atteindre cinq mètres? Tu as bien vu, du reste, les gamins ailés qui ont traversé plusieurs fois la Seine au dernier 4 septembre; nous serons de retour pour cette solennité, dans quelques jours, et j'ai appris qu'ils devaient renouveler ces jeux, sur lesquels ils se sont perfectionnés depuis.

Fils. Tout le monde n'en ferait pas autant?

Père. Il est probable que si, mon ami, mais c'est encore nouveau, et on n'a pas assez perfectionné le mode de liaison de l'appareil au corps et la transmission du mouvement, qui est donné par les jambes, pour que le vulgaire ose s'y risquer.

Mais j'ai la certitude que les enfants joueront à voler tout aussi facilement que nos contemporains jouaient au vélocipède et, à l'époque où il était à deux roues, au lieu d'une seule, ce qui lui ôtait toute chance de stabilité.

Fils. Il faudra faire beaucoup de force pour se tenir en l'air et voler vite?

Père. Justement c'est l'opposé qui a lieu; il est reconnu que nos moyens de transport sur terre, dans leur état actuel, exigent le plus grand effort pour la translation; sur l'eau cet effort diminue et, enfin, dans l'air il est minimum.

Je ne te développerai pas d'explications à ce sujet quant à présent; tu sais que nous avons une question importante à étudier ensemble et que nous n'avons fait que poser: c'est la pression que l'air exerce sur la surface que les ailes opposent à sa vitesse relative.

Fils. Mais, papa, tu m'as déjà expliqué ça: l'air exerce son effet sur les ailes tant qu'elles sont convenablement étendues et, à chaque montée ou descente, la pression de l'air est assez forte pour soulever l'oiseau et le faire monter un peu.

Père. C'est du moins ce que tu vois se produire; mais comment conçois-tu que la pression de cet air puisse être assez forte pour soulever cet énorme poids de vingt mille kilogrammes que pèse notre oiseau? Ce n'est pas évident, mon bon ami, et parce que le fait est réalisé, tu n'en dois pas moins saisir l'explication.

PÈRE. Est-ce le moulin à vent que tu regardes?

FILS. Oui, papa ; il pousse donc du blé dans cette oasis?

PÈRE. Du blé ou d'autres graines ; il est plus probable que ce soit du millet ou du maïs. Vois-tu les petits caniveaux qui quadrillent ces surfaces cultivées ; le puits est là, à gauche des constructions. Tout cela est neuf... Ce point doit être une station par la suite et on y prépare des moyens d'existence pour les employés qui y seront installés.

FILS. Ils ne mangeront que du pain de millet?

PÈRE. Non pas, puisque ce sera une station, il est probable que les employés recevront leurs approvisionnements par les diverses machines qui se croiseront ici, et même il est à penser que ce sera une grande halte et que les voyageurs y déjeuneront.

FILS. Oh ! papa, déjeuner au milieu du Sahara ! il faudra que les machines apportent tout.

PÈRE. La belle affaire ! En ce point nous sommes à égale distance de Tunis, d'Alger, des Canaries et du lac Tchad, à seize cents kilomètres de chacun de ces points. Le trajet n'est donc que de douze heures et les gourmets pourront avoir du choix.

FILS. Sommes-nous arrivés au Tropique?

PÈRE. Précisément, et je crois qu'on ne nous ennuiera pas à ce sujet, Vois-tu toujours le moulin?

FILS. Oui, papa. Il tourne toujours, mais pas très-vite ; il ne doit pas faire beaucoup de farine.

PÈRE. Je ne puis en juger d'ici ; il est possible qu'au contraire il travaille de tous ses appareils en ce moment ; je crois voir qu'une partie de sa voiture est carguée.

FILS. Cependant, les moulins de France tournent bien plus vite.

PÈRE. Ce n'est pas ce qu'il y a de mieux dans leur organisation ; on a économisé sur les harnais qui transmettent le mouvement de rotation de l'arbre, et il faut que cet arbre fasse un plus grand nombre de tours pour donner une vitesse convenable à la meule.

FILS. Le vent a donc moins de puissance contre des ailes qui tournent trop vite?

PÈRE. Un peu moins, puisque ces ailes fuient plus rapidement devant lui et qu'ainsi la vitesse relative de ce vent se trouve amoindrie.

FILS. Comment se fait-il, papa, que les ailes des moulins soient aussi grandes, puisque les ailes de notre machine ne présentent guère plus de surface et que cependant elles doivent trouver une résistance bien plus grande?

PÈRE. C'est que, mon ami, les moulins sont disposés pour recevoir l'effet du vent avec la vitesse qu'il a le plus fréquemment. Au-dessous de quatre mètres cette vitesse ne peut être utilisée, et au-dessus de huit ou dix, on diminue la voilure; de telle sorte que si le moulin était exposé à une vitesse de vent très-grande, les ailes devraient être très-réduites, et si un moulin pouvait être placé dans des circonstances telles qu'il eût à recevoir la pression du vent sous une vitesse égale à celle que nous possédons dans l'air, on devrait l'armer de toutes petites voiles; et ceci, d'après cette loi, que pour une vitesse relative quelconque, la pression que l'air exerce varie comme le carré de sa vitesse.

FILS. Alors, papa, s'il faisait beaucoup de vent, mon cerf-volant pourrait m'enlever.

PÈRE. Pas précisément, parce que sa construction n'est pas assez solide pour supporter un pareil effort, que d'autre part la ficelle est trop mince et qu'enfin il faudrait, pour enlever ton poids, une vitesse de vent qui ne se rencontre guère.

Mais, la preuve qu'un cerf-volant assez grand et assez solide pourrait t'enlever, c'est qu'avec les dimensions ordinaires et pour des vitesses de vent de douze à quinze mètres tu as du mal à le retenir.

FILS. Il faut donc pour que les machines se tiennent en l'air que leur vitesse soit très-grande?

Père. En principe, non, mon ami ; on pourrait faire des machines dont les ailes énormes seraient destinées à recevoir l'effet d'une faible vitesse relative. Les papillons sont organisés d'après ce principe ; les oiseaux volent beaucoup plus vite, ils atteignent ordinairement une vitesse de vingt mètres par seconde ; aussi ont-ils des ailes relativement moins grandes. Enfin nos machines sont étudiées pour des vitesses supérieures à trente mètres ; c'est donc leur organisme qui comporte les plus petites ailes.

Fils. Pourquoi ne dispose-t-on pas les machines pour qu'elles atteignent une vitesse plus grande encore ?

Père. Si c'était nécessaire, on leur donnerait de plus petites ailes, ou du moins en leur conservant la même longuéur on les ferait plus étroites et on trouverait une réaction suffisante pour maintenir l'équilibre.

Fils. Comment se fait-il, papa, que les petits oiseaux volent par saccade ; ils donnent quelques coups d'ailes et ils font un bond en s'amincissant autant que possible et en fermant leurs ailes.

Père. En effet, les passereaux volent ainsi ; ils ont adopté une allure qui ne ressemble pas à celle des êtres plus puissants. J'attribue ce fait à la petitesse de leur taille, attendu que chez les poissons il en est de même. Le goujon donne quelques vigoureux coups de queue et il avance, dans la plus parfaite rigidité, en vertu de sa vitesse acquise.

Il en résulte qu'au moment où le passereau rouvre ses ailes, il doit développer un effort plus grand que si son travail eût été continu, mais cet effort est de courte durée.

La résistance que l'air doit donner pour maintenir l'horizontalité de la course ne dépend nullement du temps pendant lequel l'oiseau n'a pas travaillé, c'est-à-dire qu'elle est indépendante de la valeur totale du travail de la pesanteur pendant ce temps. Si l'oiseau réalise une vitesse au-dessus de la moyenne, il peut bondir et ne rien faire jusqu'au moment où la surface de ses ailes étant opposée à l'air, il se trouvera exactement dans la même situation que s'il avait travaillé uniformément, et il ne devra développer un grand effort que s'il veut user du même procédé pour produire un bond nouveau.

Dans cette situation, l'oiseau présente quelque analogie avec les boulets ricochants dont nous nous sommes entretenus ; ces boulets, animés d'une vitesse considérable, redressent leur trajectoire chaque fois qu'ils rencontrent la surface de l'eau ; de même que les passereaux bondissent à chaque ouverture d'ailes. Et c'est ici le cas de faire une observation : tu dois te rappeler les quelques notes que nous recueillîmes sur les deux pièces nouvellement fabriquées par les magnifiques usines hydrauliques de Salles-la-Source ; elles lançaient des obus de 33 kilog., avec des charges de poudre de 6 et de 7 kilog. et la vitesse du projectile était, à 40 mètres de la batterie, de 410 et 450 mètres, suivant la charge. Il ne te parut pas étonnant que le ricochet se produisît aussi bien dans l'un que dans l'autre cas et, cependant, les vitesses n'étaient pas les mêmes. C'est qu'en effet, tout choc développe une réaction qui se traduit, dans les cas qui nous occupent, par une élévation plus ou moins considérable.

Il faut reconnaître que la théorie du vol normal d'un oiseau réside simplement dans la création d'une vitesse suffisante pour que la vitesse relative de l'air puisse développer sur la surface de ses ailes et de son corps une réaction égale à la valeur de la composante due à la pesanteur.

FILS. Alors, papa, nous nous soutenons en volant assez vite et nous tomberions si nous n'avancions que plus lentement ?

PÈRE. Je devais redouter ta conclusion ; elle paraît naturelle, quoique fausse. Je ne te parle que du vol normal, c'est-à-dire de l'avancement suivant l'horizontale ; lorsque nous exécutons des tours de force, nous nous y prenons différemment que lorsque nous marchons. Mais nous allons examiner ton idée : saisis cette mouche qui nous taquine depuis dix minutes, elle fera les frais de l'expérience.

FILS. L'as-tu, papa ?

PÈRE. Oui, oui, mais tu y vas trop brusquement et je ne te croyais pas si maladroit. Enfin, nous la tenons ; prends un bout de fil dans ma sacoche.

FILS. Du noir, papa ?

PÈRE. Ou du blanc, peu importe : là, assez.... fais une boucle et attachons les deux pattes de derrière... bien.

FILS. Elle ne s'envole pas.

PÈRE. Veux-tu ne pas y toucher ! tu vois bien qu'elle a été froissée, elle reprend haleine : tiens, elle est partie : la vois-tu ?

FILS. Oui, papa, elle ne peut voler plus loin puisque tu la retiens par le bout du fil.

PÈRE. Justement, c'est notre affaire : cette mouche se soutient en l'air sans utiliser de vitesse initiale, puisqu'elle est immobile, et, en outre de son poids, elle exerce une tension très sensible sur le fil ; elle peut donc quoique immobile, développer un effort supérieur à celui qui est nécessaire pour soutenir en l'air le poids de son propre corps. Tu peux voir qu'elle bat des ailes plus rapidement que d'ordinaire, mais c'est là tout le secret de son attitude ; comme elle, nous demeurerions immobiles dans l'espace si notre mécanicien activait convenablement la vitesse des ailes de la machine et...

FILS. Papa, tout le monde rit de ta mouche.

PÈRE. Ah ! alors rends-lui la liberté, notre expérience est terminée. Ceci nous aura servi à une autre observation, c'est que tous nos voisins déjeunent ; faisons comme eux, justement la sacoche est ouverte. Mets notre boisson à rafraîchir.

FILS. Il faut mouiller la paille ?

PÈRE. Oui, très-légèrement ; en quelques minutes le courant d'air l'aura séchée et notre vin sera à la glace ; sors la bouteille. Tiens, ton hachis.

Fils. Nous ne mangeons pas de p**r** papa?

Père. Je n'en ai pas et tu peux t'en passer comme moi ; du reste, tu vas observer que si tu as plus d'appétit après ton repas qu'avant d'avoir rien pris, il n'en sera pas ainsi dans une heure ; tu seras rassasié lorsque tu auras digéré. Tu sais que nous devons mâcher notre boule élastique pendant quelques minutes.

Fils. Oui papa, mais tu ne m'as jamais dit pourquoi.

Père. C'est une conséquence du genre de repas que nous faisons. Nous prenons une nourriture substantielle sous un volume extrêmement réduit ; c'est avantageux en ce sens que nous ne chargeons pas notre estomac et aussi, eu égard à la facilité que nous avons d'emporter la nourriture pour plusieurs journées sous un très-petit volume ; mais nous ne digérerions pas bien si nous n'excitions pas artificiellement nos glandes salivaires ; en mâchant de la gomme élastique on obtient ce complément de la préparation des aliments et, du même coup, on fait travailler les dents, ce qui est de la plus grande utilité pour leur conservation.

Fils. Quand on déjeune à la maison, on n'a pas besoin de mâcher de la gomme pour s'entretenir les dents?

Père. Beaucoup moins ; mais tu sais bien que je ne manque pas de mâcher un peu, après mes repas. Ce ne peut être qu'avantageux, et, pour mon compte, lorsque j'adoptai cette habitude, j'y trouvai une satisfaction particulière qui me permit d'abandonner le tabac.

Fils. Te faisait-il mal, papa?

Père. Pas trop, que je sache ; mais j'étais vexé des impôts dont on en grevait chaque jour la vente. A cette époque, une multitude de petits impôts produisaient au Trésor le revenu qui lui était nécessaire ; il y avait cet inconvénient d'exiger un personnel immense pour la rentrée des impôts sous leurs diverses formes et aussi d'introduire une gêne considérable dans les opérations de commerce ou d'argent. Le tabac était le point de mire favori des imposants ; on le croyait indétrônable. Il est vrai qu'on eût pu, depuis, imposer la gomme élastique au lieu et place du tabac, mais on avait heureusement renoncé aux impôts de détail pour ne conserver que le droit de patente, dont on afflige de nos jours tout individu qui produit et vend un objet quelconque. Le revenu est sûr, facile à augmenter ou à restreindre par le seul vote de la quotité à appliquer à l'exercice en question, et la rentrée des fonds s'opère simplement et facilement, parce que les imposés sont peut nombreux et qu'ils abandonnent volontiers une portion de leurs bénéfices, puisqu'ils établissent leurs prix de vente en conséquence. Vois si notre flacon est frais.

FILS. Très-frais, papa, il est glacé.

PÈRE. Eh bien, buvons à la conservation de notre machine.

FILS. Elle mange, mais elle ne boit pas !

PÈRE. Oui, et sa nourriture est essentiellement sèche. Sais-tu ce qu'est le pyroxyle qu'elle consomme?

FILS. C'est du coton fulminant.

PÈRE. Et sais-tu comment il est fabriqué?

FILS. On fait tremper de la ouate dans des baquets contenant de l'acide nitrique et un peu d'acide sulfurique, puis on la lave et on la met sécher.

PÈRE. Oui, seulement on ne baigne pas dans les acides de la ouate, mais bien des cordes faites avec des fibres de coton. Il y a du reste bien des détails qui sont nécessaires pour obtenir des produits convenables. Cette fabrication n'a été réellement perfectionnée que depuis l'usage des machines aériennes qui en consomment une grande quantité.

FILS. Combien en brûle notre machine pour tout le voyage?

PÈRE. De Paris à Tombouctou?

FILS. Oui, papa.

PÈRE. Tu devrais bien faire ce calcul toi-même, sachant que notre machine développe un travail moyen de vingt chevaux vapeur.

FILS. Quel poids de coton faut-il pour faire l'effort d'un cheval?

PÈRE. Ah! voilà; tu sais bien cela. Le coton produit le même effet que cinq fois son poids de poudre à canon et un kilogramme de poudre développe, dans une bouche à feu, un travail qui est supérieur à cinquante mille kilogrammètres. Un kilogramme de coton produit donc un travail supérieur à deux cent cinquante mille kilogrammètres. Or, le travail d'un cheval vapeur, pendant une heure, est sensiblement le même: deux cent soixante-dix mille kilogrammètres; donc la machine brûle par heure et par force de cheval, un kilogramme de coton.

FILS. Et pour vingt chevaux, vingt kilogrammes.

PÈRE. Et pour trente heures de marche, six cents kilogrammes, n'est-ce-pas? A deux francs le kilogramme, tu vois que nous avons transformé en fumée douze cents francs de coton.

FILS. C'est très-cher, papa.

PÈRE. Comment, mon fils! mais au contraire, c'est à très-bon marché; on ne nous a pas fait payer ces douze cents francs pour nos deux billets de voyage. Tu sais que le tarif est d'un centime par kilomètre, par voyageur. De Paris à Marseille chaque place m'a coûté huit francs; de Marseille à Tombouctou, j'ai payé chaque billet trente deux francs.

Le prix des places, sur les chemins de fer, était bien autrement élevé; on mettait trois fois plus de temps avec les trains les plus rapides et on payait quinze fois plus cher.

Nous sommes trente; tu vois que le tarif total de quarante francs payé par chacun de nous produit précisément douze cents francs, c'est-à-dire que la consommation de la machine est justement soldée par le prix des places des voyageurs; et les droits payés par les marchandises couvrent les frais et créent le bénéfice de la Compagnie.

FILS. Mais, papa, les marchandises ne paient pas cher.

PÈRE. Voilà qui est vrai, elles ne payent que le dixième du prix soldé par les voyageurs; leur tarif est d'un centime par tonne et par kilomètre. Notre chargement étant de quinze tonnes, elles auront rapporté pour le voyage total, de quatre mille kilomètres, une somme de six cents francs.

Fils. Est-ce M. X. qui gagne ces six cents francs?

Père. C'est, du moins, lui qui les touche et qui les répartit à qui de droit; le bénéfice n'est guère, pour la compagnie, que du tiers, soit de deux cents francs; mais elle a un grand nombre de lignes : deux cents, je crois, de telle sorte que quatre cents machines faisant constamment route, le bénéfice journalier qu'elles procurent est de quatre-vingt mille francs, soit environ trente million par an, et le capital fourni par la compagnie n'atteint pas ce chiffre. Tu vois que c'est de l'argent bien placé. Aussi est-il question d'abaisser les tarifs de toutes les compagnies, pour les voyageurs, et de porter le prix du kilomètre à un demi-centime. On ira de *Paris à Marseille en six heures et pour quatre francs.*

On n'abaisserait pas le prix du transport des marchandises, pour ne pas faire aux canaux une concurrence qu'ils ne pourraient soutenir à cause de leur frais d'entretien.

Fils. Les canaux font-ils payer le transport des marchandises plus cher que les machines?

Père. Au contraire, mon ami : un peu moins cher, mais les bénéfices des compagnies créatrices sont loin d'être à comparer à ceux que réalisent les transports aériens, et cela se comprend : l'histoire des canaux est celle des chemins de fer; ils ont le tort d'exiger des capitaux énormes, non-seulement pour leur création, mais encore pour leur entretien; aussi ne serais-je pas étonné de les voir réserver exclusivement au service des irrigations.

Fils. L'entretien des canaux est donc bien couteux?

Père. Mais, mon ami, les frais de translation sur un canal ne s'élèvent pas au dixième du chiffre des frais généraux d'amortissement des capitaux, d'entretien des ouvrages et de solde des surveillants et des employés. Ce n'est pas le remorqueur qui dépense trop; depuis l'adoption des moteurs à mouvements alternatifs, reproduisant le jeu de la queue des poissons, on a facilement réalisé cette idée, déjà ancienne, de glisser sur l'eau en donnant au convoi une vitesse considérable ; résultat auquel l'hélice s'est opposée tant qu'elle a conservé quelque faveur.

Avec les remorqueurs à queue, on produit une vitesse d'avancement de vingt mètres par seconde, et les porteurs sont calculés pour qu'à cette vitesse leur tirant d'eau ne dépasse pas une moyenne de dix centimètres.

FILS. Dans nos machines-oiseaux, la queue ne sert pas à avancer, puisqu'elle n'est presque jamais en mouvement?

PÈRE. A avancer, non mon ami, mais elle participe à l'équilibre général puisque, comme les ailes, elle présente une certaine surface à la réaction du courant d'air. Son principal rôle consiste surtout dans le maintien de la direction recherchée par le mécanicien. Si, par exemple, nous traversons une couche d'air animée d'une vitesse propre transversalement à notre route, si nous avons le vent par le travers, il est certain que l'effort total du vent qui est dû à sa vitesse relative, se présente presque au vent debout; mais, quelque petite que soit la différence, les ailes ne rencontrent pas exactement la même résistance ; celle qui est sous le vent est en partie masquée par celle qui se présente au vent. Pour l'équilibre, il faut que le mécanicien règle les deux distributions de pyroxyle un peu différemment; mais il ne peut prévoir jusqu'aux moindres variations, jusqu'aux bouffées de vent, et il serait trop minutieux d'avoir à toucher, à tout instant, à l'un ou à l'autre des leviers dont l'angle règle les distributions; c'est l'affaire de la queue.

En dehors de la marche normale, la queue joue un rôle très-important ; je veux parler du départ et de l'arrivée de la machine, circonstances où la position de la queue donne l'inclinaison du corps de l'oiseau et permet de transformer l'effort des ailes en un mouvement d'avancement plus ou moins incliné. A certain moment, cette inclinaison est telle que l'effort des ailes est directement opposé à la vitesse relative due à la direction que suit l'oiseau en vertu de sa vitesse acquise et, dès lors, les ailes tendent à annuler cette vitesse et à arrêter l'oiseau ; c'est la manœuvre de l'arrivée.

En cas d'accident, la queue est aussi fort utile ; tu sais que si la machine cesse de fonctionner malgré toutes les chances de bonne marche dont on dispose, on fixe les ailes horizontalement de manière à planer et à avancer vers un point d'atterrissement favorable. Dans cette manœuvre, qui s'est produite quelquefois, c'est au moyen de la queue qu'on règle la direction de l'avancement et qu'on opère le ralentissement pour atterrir.

Fils. Maman m'a dit que l'on était bien en danger quand les ailes ne remuaient plus.

Père. Pas toujours, mon ami : les mécaniciens qui suivent une couche d'air élevée et qui sont proches d'une escale, font quelquefois cette manœuvre pour épargner leur pyroxyle. J'ai vu plusieurs fois les ailes s'arrêter sans autre cause. L'année dernière, revenant des Indes, et devant faire escale à Toulon, arrivés au-dessus du sommet du Coudon, à moins de cent mètres, je m'aperçus qu'on fixait les ailes ; avions-nous un accident ? mon anxiété ne fut pas de longue durée ; de la hauteur où nous nous trouvions, nous descendîmes droit sur la porte de France, où se trouve l'escale, et ce trajet, qui mesure douze kilomètres, fut effectué en cinq minutes ; personne ne s'en plaignit.

Fils. Mais, dans le cas où les ailes ne remuent pas, c'est la résistance de l'air qui porte tout le poids de la machine et tu m'as expliqué que pour la vitesse de notre marche, la résistance de l'air n'est pas de la moitié de notre poids ?

Père. En effet, mon enfant, mais aussi, la course que décrit l'oiseau lorsqu'il plane, baisse-t-elle vers la terre ; perdant de la hauteur, il profite du travail qu'il avait développé lors de son ascension, et il ne doit demander aux couches d'air qu'une résistance moindre que celle qui produirait l'équilibre. Si l'oiseau veut gagner la hauteur pendant qu'il plane, il peut y arriver, mais aux dépens de sa vitesse d'impulsion ; il ricoche sur les couches d'air en orientant convenablement ses ailes, et il s'élève.

Fils. Chez les vrais oiseaux, est-ce la même chose?

Père. Il y a cette différence, qu'usant de vitesses moyennes moindres que nos machines, leurs ailes sont proportionnellement plus grandes. Mais la première machine volante fut étudiée pour reproduire les circonstances dont l'exemple était pris dans la nature; voici la série des êtres qui servirent de type principal :

Mouche	28	milligrammes	23	millimètres d'envergure.
Serin	14	grammes	23	centimètres d'envergure.
Aigle	7	kilogrammes	23	décimètres d'envergure.
Machine	3,5	tonnes	23	mètres d'envergure.

Pour le nombre des coups d'ailes par seconde :

Mouche 100, Serin 10, Aigle 1, Machine 1 dixième.

D'après la série, le modèle étudié mesurant 23 mètres d'envergure, devait peser trois mille cinq cents kilogrammes et fournir seulement 6 coups d'ailes par minute. On reconnut que ces chiffres convenaient, en déterminant le travail total des filets fluides qui frappent les ailes pendant une évolution complète.

Fils. Comment n'avait-on pas construit plus tôt des machines aériennes ?

Père. Si tu me demandais pourquoi on voulut bien en entreprendre la construction, je reconnaitrais mieux ta logique habituelle. Au moment du siége de Paris, le jour même de la rupture de notre dernière voie ferrée, ces idées furent proposées au comité scientifique qui s'était installé au Conservatoire des arts et métiers, pour étudier les propositions de nos concitoyens aux abois. Un des subalternes dudit comité répondit un mois après que ces messieurs n'avaient pas le temps... Autre exemple : Dans les premiers mois de l'année 1872, une de nos sommités scientifiques faisait des essais de direction de ballon aux frais des contribuables, ses concitoyens; il reçut communication des principaux éléments de cette question; sa réponse fut une assurance de son vif intérêt...

Ah! Tombouctou!

2163-72 — Paris. Typ. Morris père et fils, rue Amelot, 64.